한자락의 시를 엮어

일상에 지친 이들을 위한
감성힐링 시집

한 자락의 시를 엮어

김하라 지음

harmonybook

머리말

길을 걸으며 읽어도
잠들기 전 생각나는 시를 쓰고 싶었습니다.

그렇기에
부디 이 책을 읽는 모든 분들의 마음에
세상을 애틋하게 바라보는 시선과
어떠한 모습이든 스스로를 사랑할 수 있는
저마다의 신념이 자라나길 바랍니다

작가로서의
온전한 첫 글과 첫 출판

이를 함께 기뻐하며
모나고 못난 모습을 사랑해주시는
모든 분께 진심으로 감사드립니다

2.

봄의 잔상을 사랑하는 마음

3.
한 자락의 시를 엮어 어린 날을 덮습니다

4.
내 안의 뜰에 쓰는 편지

1

나의 삶에
앉았다 지는 이름

소풍

떠나는 게 즐겁습니다
영영 가는 게 아니라
닿는 곳에 잠시 머물렀다
그리움이 잊혀질 때쯤
무겁지 않게
다시 돌아올 수 있으니까요

무거운 이름

이름을 책 사이에 끼우고
조용히 덮습니다
나로 불리우는 것에
얼굴 붉어집니다

선하고 구김없이
떳떳하게 살고자 했는데
모진 세상이
저를 모나게 만듭니다

물려주신 이름이 버거워
책 사이에 덮습니다
얼굴을 이름에 묻고
조용히 흐느낍니다

나의 바다

나의 바다는 짙고 고요하여
마음이 부유하기에 좋습니다
연정, 참회, 허망
또렷한 어떤 것도
이름 없이 흐리게 만드니
밤이 깊은 방황에는
이만 한 것이 없지요

나는 이곳에
잊어야 하는 것과
잊지 말아야 할 것을
모두 풀어 몸을 담급니다
바다가 나를 부르면
검고 차가운 어둠에
그저 사라질 뿐이라 하겠지요

배꽃

나 웃는 게
배꽃 같다 하셨지요
꽃말이 무언지는 아십니까
날 밝으면 보아요
긴 밤이 온통
배꽃 천지라서요

앉았다 지는 마음

낭낭한 여름이 옵니다
한참 더워지다가도
노을이 질 때면 선선한 것이
뜨거웠다 식어가는 내 청춘 같아서
눈가가 서글해집니다
날은 다시 더워지겠지요
다시 돌아갈 수 없는 길이라
저릿한 마음 마루에 눕습니다

묵은 어떤 것

나의 슬픔은
하찮게 저물었기에
위로는 허상임을 압니다

나의 오만과 허영
저며 낸 부끄러움이
타는 냄새가 납니다

늦은 아름다움과
습한 안타까움은
어느 별에 묻은 걸까요

삶

볕이 들면 창을 열고
선선한 바람을 맞습니다
순리대로 가는 것이
이토록 편안합니다

애써 조각했던 삶은
부서져 땅에 떨어졌고
쌓아둔 담도 무너졌지요
이제야 삶이 그림 같더군요

한 편의 시는
각진 모퉁이가 아니라
동틀 녘 새벽별로 내리고
밤사이 눈꽃으로 피는 것이었습니다

파도가 지나간 자리

손목에 파도 자국이 남은
바다 같은 사람이 있습니다

상처를 안고 삭이면
사랑이 된다고 믿던 그이는

노을빛 파도에 쓸려
아주 먼 곳으로 떠나갔습니다

바라던 곳에 닿았을까요

그토록 원했던, 그 세상으로

용서가 허해진다면

나의 미망한 마음을
한 줌의 재로 태워
하늘로 날려 보냅니다
스산한 기운이 어깨 위에 올라
그간의 잘못을 여과 없이 고해 준다면
나는 하늘을 나무 삼아
용서가 허해지는 날까지
선 자리에 몸을 매달겠습니다

해묵은 마음을 바다에 던지고

파도가

발목을 감쌉니다

희게 부서지는 모습이
마치 나를 보는 것 같습니다
모든 허상과 미련을 쓸어 담아
닿지 않는 저 너머에 가져가시나요

나는 해묵은 마음을 바다에 던지고
그것이 쓸려 가는 것을 봅니다
헛된 바람과 정든 꿈
조각난 사랑을 떠나보냅니다

바라는 것이 많았던 만큼
그 무거움에 떠나지 못하는
작게 일렁이는 미련이 보입니다
나는 그것을 쓸어 주며

이제 떠날 때가 되었다

작게 속삭이겠지요

낮에 뜨는 달

달이 오릅니다
여직 낮의 끝자락이
채 끝나지 않았는데요

나는 풀에 누워
바람이 지나는 걸 봅니다

전등에 불이 듭니다
노을의 옷자락이
저물지 않았는데도요

화

적막 진 자리에
새가 앉아 바닥을 칩니다
한탄하지 않는 삶은
얼마나 무의미한가요

그는 씨앗을 묻으며
인내를 뿌렸다 하지요
화가 지나간 자리에
숲이 자라듯 말입니다

기다림의 몫

아직 영글지 못한 청춘의
날것 그대로의 마음을
도려낼 필요는 없습니다

저마다의 시간이 달리 흘러가듯
더디 걷는 사람의 길이
잘못되었다고 말할 수 없지요

여무는 것은
기다림이 해야 할 일입니다
물을 주는 것은 우리들의 몫이지요

영롱

별은 새벽에 빛납니다
떠오르는 태양을 시기하거나
밤의 마지막 페이지를
못내 붙잡고 있지 않습니다

그저 투명해지는 달과 함께
마저 여운을 주고 잠듭니다
해가 지면 다시 눈을 뜨고
새벽 마루에 불타오릅니다

우리는
나고 지는 때를 아는
긴 여운의 그것을
영롱함이라 말하지요

머리칼

세상에 하나뿐인
당신의 눈동자와 색을 같이하고
다섯 손가락 사이로 흘러내리며
햇살에 바다처럼 반짝이는
당신의 머리칼에 손을 대어 봅니다

시간이 흘러 나이가 들어도
저물지 않는 아름다움이 있지요
나는 오늘도
그대의 부드러움과 따사로움 사이에
얼굴을 묻고 깊은숨을 쉽니다

은결

저 일렁이는 은결 사이로
떠나간 이가 몇이나 될까요
다들 호수 위의 꽃잎처럼
파아란 하늘을 보며
못다 한 마음 풀어 놓고
편안히 저물었을까요

함께하는 세월

사람 사이에 해가 뜨면
인연이라는 말이 있습니다

둘은 서로에게 빛과 그늘이 되며
평생토록 의지하며 살지요

뜨거운 정오와 싸늘한 자정이
때를 두고 찾아와 문을 두드리겠지만

사람 사이에 해가 뜨면
다시금 서로에게 기댈 것입니다

그렇다면 함께하는 새벽의 그림자는
한 뼘 더 길어지겠지요

한 사람의 생을 짊어지고

낯선 이의 생(生)과
그에게 펼쳐진 풍경과
그를 할퀸 바람 자국과
그를 살린 한 방울의 이슬까지
나와 같이 작은 마음을 가진 자가
감히 품어도 되겠느냐 여쭌다면
평생을 두고 서서히
당신이 살던 정원에 물드는 것을
허한다고 해주십시오

너울

돛을 올리고 닻을 내려
이곳에 잠시 머물러야겠습니다
너울거리는 파도가
마치 내 살갗을 쓸어내리는 듯
눈앞에 아른거립니다
나는 손을 내어 물에 담그고
위태로운 마음을 위로합니다
곧 수면이 잔잔해지면
바다가 품을 허락한 것이겠지요

인생길

함께 오르는 계단은
이게 마지막 걸음일 듯합니다
나는 이제 쉬어야겠어요

한평생 쉼 없이 달려왔지요
나는 작고 메마른 손으로
이 길에 처음 올라

그대라는 축복을 만나고
끝없는 오르막과 내리막 사이에서
후회 없이 내달렸습니다

이리 달려온 길
미련 없다 생각했는데
왜 이리 서글프지요

부디 잊지 말아 주오
그대를 업고 오는 길이
내 생애 가장 꽃밭이었음을

나무 같은 사람

사람의 눈에 나무가 아픈 것이 보이면
그 나무는 이미 죽을 때가 된 것이라
손 쓸 수 없다 합니다

꼭 그렇게 나무 같은 사람들이 있지요
마음에 큰 재를 쌓아 두고
그저 웃어 보이는 이들 말입니다

곪아 가는 마음을 흘려보내고
잠시 쉬어 갈 개울이 없다면
제가 내어드리겠습니다

그러니 혼자 가지 마세요
무거운 가지를
함께 들어줄 이들이 있습니다

되뇌이는 이름

그이가 웃으면
별안간 세상이 환해집니다
나는 이름을 내어놓고
당신의 것을 되뇌입니다
가슴 언저리에서부터
무언가 울컥이는 걸 느낍니다
나는 그렇게
한참 동안 마음을 내어놓고
한없이 그 자리에 서서
당신의 이름을 되뇌입니다

나를 살게 하는 것들

숨 쉬는 것이 버거울 때가 있습니다
아물지 않는 상처들도 있지요
잠들지 못하는 무수한 밤과
끝내 건네지 못하는 말들은
내 안에 한정 없습니다

그래도
세상의 아름다운 것들과
한결같은 나무와
하늘을 가르고 날아가는 새와
담 사이에 핀 꽃이

그 작고 작은
한정 없는 것들이
세상보다 큰 의미로
나를 버티게 합니다
나를 살게 합니다

세상을 경험한다는 것은

열에 하나를 더하면
열하나가 아니라
다시 하나임을
아주 긴 시간이 지난 후에
이렇게 깨닫습니다

그리고 그 하나는
이 큰 세상을 담은 하나임을
작고 미약한 저는
아주 오랜 시간 뒤에야
이리도 깨닫습니다

2

몸의 잔상을
사랑하는 마음

살아가는 중

엉망인 하루가
어디 한두 번인가요
그저 웃고 털어냅니다

나에게는
오늘만 있는 것이 아님을
잘 알기 때문입니다

비록
오늘의 모습이
모나고 못났다 하더라도

내 손에 다시 주어질 내일을
더 잘 살면 되는 것입니다
그러니 괜찮습니다

5.18

나의 작은 시가
세상에 울려 퍼지고 있습니다
수평의 너머에선
종소리가 들리고 있지요
이제 자유입니다
나의 청춘을 이 자리에 새기고
나의 죽음을 삶에게 바칩니다
어서 노래합시다
노래합시다

소명

나는 우리의 아이들을 위해
이 땅을 베어 눕습니다
모르는 것은 핑계가 될 수 없음을
세상에 알리는 것이
허락된 나의 소명입니다
아이가 자라 어른이 되어
훗날 우리를 기억할 때
한 치의 부끄러움 없었다
그리 말할 겁니다

봄의 잔상

겨울 눈보라는 세차지만
견디는 것들이 있습니다
하찮은 미물이라 하여도
버티면 봄이 온다는 것을
가슴으로 알기 때문입니다
마음의 가난과 허기를 달래며
추위를 견디는 것이
거짓된 허상이 아니라
참된 봄날의 잔상이기 때문이지요

추한 것의 아름다움

나의 낮고 진한 환상은
검은 개의 잔상임을 모를 리 없습니다
본디 알면서 속아 넘어가는 것은
그 또한 나의 일부이기 때문이지요
때로는 아름다움보다
추함이 더 영롱할 때가 있습니다
나의 바다은 그런 영롱한 것으로
한데 뒤엉켜 있을 테니까요

젊은 날의 청사진

추억의 밤은 안타깝습니다
더할 나위 없는 영원함은
세상 어디에서도
찾아볼 수 없으니까요
젊은 날의 열정과 치기 어린 용기는
이제 남의 것이 되었습니다

한 줄의 시가 이토록 고달플까요
청춘이라는 이름이 담긴 무게가
평생을 저울질하였습니다
허나 후회하지 않습니다
나의 치열했던 청사진은
누구보다 눈부셨을 테니까요

사랑하는 마음

편지를 쓰다 보면
그대에 대한 마음이
이리도 온전히 드러나게 되어
아무래도 말썽입니다
목소리가 듣고 싶으니
핑계를 대어 전화를 할까요

밤이 늦었으니
잠 못 이루는 나와는 달리
그대는 깊은 잠에 들었겠지요
달빛이 좋습니다
날이 새도록 기다리는 것이
이리도 설레는 일이었답니까

첫사랑

시간이 지나도 지워지지 않는
찬란한 초상 같은 이름이 있습니다

생살을 다 내어놓고 사랑하여
부질없는 후회 따위는 없습니다

그저 아름다운 시절의 나와
그림 같던 그대가 생각납니다

떠오르는 것은 그대로 두려 합니다
세상의 아름다운 모든 것들은

이리 흔적 없이 흩어질 수도 있다는 것을
그날 그때의 우리는 어찌 몰랐을까요

독립의 날

고뇌와 번뇌의 밤은
나에게 천국과도 같았습니다
현실의 벽은 높았으나
늘 꾸던 꿈에서 나는
그 작고도 빛나는 것을 가졌으니까요
이제 나에게 주어진 시간이
얼마 남지 않았음을 알고 있습니다
그러니 내 모든 것을 걸고
젊은 날의 낭만을 바치려 합니다
타오르는 꽃으로 부서지는 것만큼
찬란한 끝은 없을 테니까요

한평생을 잃어버리고

구름에 이름을 걸치고 간 이가
그대였단 말입니까
그래서 나는 한평생을
당신 한쪽을 잃어 버리고 살았던 것입니까
나를 당신이 묻힌 이곳에 데려온 것이
끝끝내 피하고자 했던 운명이란 것을 압니다
남은 날 그대의 몫까지 살아낼 테니
부디 다음 생에 오신다면
다시 한번 내 앞에 서서
부디 환하게 웃어주십시오

그대들을 여의고

무언가를 여읜다는 것은
때때로 슬픔 가운데
진주를 남기고 가기도 합니다
나의 생(生)과 나의 사(死)를 이승에 걸었을 때
나는 반딧불이가 되어 사라지는
무수한 이들을 그저 바라볼 수밖에 없었지요
그런 나는 보았습니다
그 하루를 천년처럼 살아내며
무수한 별을 그려낸 그들을 말입니다

사랑하는 마음을 자리에 매어놓고

그대의 어깨가
작게 떨리는 것을
나는 보았습니다

보고도 지나친 것을
나는
후회하지 않습니다

고립된 나에게 그대를 묶어
다리를 부러뜨리는 것은
그대를 사랑하는 방식이 될 수 없음을

불빛이 가물던
우리의 지난 날
사무치게 깨달았지요

그러니 다시는 우연으로라도
먼발치에서라도 보는 일이 없기를
신심으로 바라봅니다

꽃봉오리

손끝에 스치는 것이
한낱 바람인 줄 알았으나
속절없이 흘러가는 세월임을 깨닫습니다

심지가 굳은 사람들 가운데
나의 작은 소망과 일말의 희망이
얼마나 오래 남을 것인가로 고뇌합니다

새벽이면
나팔꽃이 피어나는 것이
그저 자연의 섭리이고 순리이듯

담벼락 너머의 때와는 달리
나의 세상에 피어날 나의 때가 있다는 것을
미처 모르고 방황했지요

때가 되면 깨어날 나의 날을 위해
일말의 소망과 작은 희망에 기대어
다시 꽃봉오리에 곱게 품어 봅니다

푸르름에 대하여

푸른 것을 품어봅니다
마음 한 자락 물들이는 일이
이 얼마나 가슴 뛰는 일입니까
우뚝 선 신념을 가지는 일과
검고 찬 것의 앞날을 가로막는 일이
그리고
한 줌의 밀알이 싹트는 데에
미약한 손이나마 거드는 일이
내가 세상에 태어난 이유라면
푸르름을 품는 것에 대하여
한평생 영광일 것입니다

싹에 물을 주어

때 묻지 않은 봄날의 순수함이
여린 아이를 키워냅니다
아이는 자라 나무가 되고
그 나무는 한세상을 지탱하겠지요
그래서 우리는 대가 없이
때때로 씨앗을 심고
지나가는 길에 자라는 싹들에
물과 숨을 불어넣어야 하는 것입니다
그 여린 것들의 날이
곧 우리의 초상이니까요

허상

삶은 바다라 하지요
가진 것 모두가
사실은 무용한 것임을 알고 계십니까
단단해 보이는 것들 모두가
그저 물에 녹아내리는
허상에 불과한 것임을 말입니다

사람 사이

살아 내기 위한 목표가
사람이 되어서는 아니 된다
그리 말씀하셨던 것을 기억합니다
사람만을 위해 무언가를 이루는 일이
얼마나 무모한 것인지도 말입니다
그저 함께 걷는 이로만 남겨 두라 하신 말씀이
당신에게 어떤 심정이었는지
한평생을 돌아
이제야 알게 되었습니다

가시

나의 가시는 영영
아물거나 무뎌지지 않을지 모릅니다
다가오는 이를 해하고
그 때문에 다시 상처받으며
오히려 더 크게 자랄지도 모르지요
깊은 곳으로부터
꽃과 잎이 자랄 수 있을지도
미처 모르겠습니다
그럼에도 내어주신 곁에
저는 염치도 없이
한참을 기꺼워 울었답니다

불빛

파아란 등대가 보입니다
나는 바다 끝자락에 앉아
바람이 흐르는 곳으로
파도를 돌려보내고 있습니다
불온한 나의 생 가운데
날카롭고 모난 것들을 골라내니
둥글고 따뜻한 불빛이 남았습니다
곱게 빚은 이것을
푸른 파도에 실어 보내니
부디 그곳에
가 닿기를 바랍니다

나비

가고 싶은 곳이 있습니다
하늘과 맞닿아
무지개가 태어나는 곳이라 하더군요
평생을 찾아 헤매었으나
끝내 찾지 못하였습니다
슬프냐 물으셨지요
가지지 못하는 것이
저에게는 되려 기쁨입니다
무지개를 볼 때면
언제나 그 너머를 꿈꾸게 되니까요

바람꽃

바람꽃 같은 아이가 있습니다
그 여린 몸에 풀씨가 앉으면
꽃이 필 것만 같더군요
나는 오래도록 그 아이를 보며
잊어둔 마음을 시에 담습니다
가질 수 없기에
떠날 때를 알고 있지만
발길이 떨어지지 않습니다
마음이 거두어지지가 않습니다

기도

수많은 밤을 지새우며
무릎 꿇지 않은 날이 없습니다
당신이 이어나갈 생과
맞이할 아침과
지켜낼 터를 위해
비록 나의 자리는 없다 하여도
당신과
당신이 사랑하는 이의 몫까지
온 마음 다해 빌었습니다

가뭄

물이 들지 않는 곳에
그 마른 땅에 앉아
살지 못할 꽃을 심습니다
나약한 희망에
비 대신 눈물이 듭니다

새벽 마음

새벽 공기가 창에 내립니다
나는 희게 남은 달 사이에
푸른빛으로 둘러진 공기를
손안에 담습니다
서서히 숨이 되어
나에게 스며드는 것을 느낍니다
달에 비추어
새벽에 쓰여진 시는
그렇게 푸른빛으로 읊어집니다

꽃을 꺾어다 놓습니다

오지 않으실 것을 알지만
돌아온다는 약속에 기대어 살겠습니다
그로부터 나의 시간은
그날에 매여 흐르지 않을 것을 알지만
웃으시던 모습에 기대어
쉼 없이 버티겠습니다
그대를 뉘어 놓은 마음은
이미 검게 타버린 지 오래이나
약속 하나에 기대어
오늘도 문 앞에
꽃을 꺾어다 놓습니다

전장

장마에
처마가 내려앉습니다
꽃들이 숨죽이고
새들이 떠납니다
휩쓸린 자국과
떠내려간 사람
해가 비출 거란 기대는
기약 없을 테지요

꽃이 시들어 갑니다

하루가 기웁니다
소리 내지 않으려
삭이고 또 죽였으나
마음이 찢어져
울음으로 터져 나옵니다

웃고 사는 것이
이리도 힘든 일인지요
눈부셨던 나는 어디에 묻고
마른 흙 위에 누워
바다를 잊고 살아갈까요

3

한 자락의 시를 엮어
어린 날을 덮습니다

비와 당신

비가 오려나 봅니다
창을 두드릴 테고
열린 문으로 들어오겠지요
그러면 좋겠습니다
비가 오는 틈에 섞여
당신도 함께 오셨으면

축복

사람 사는 것 다 같습니다
깨지고 부서지고
달콤하고 씁쓸하고
오르막에 올랐다
나도 모르게 끝자락에 서 있지요
스스로를 부끄러워 마세요
산다는 게 얼마나 축복 같은 일인가요
그 얼마나 사랑스러운가요

부끄러움

작은 손 마디마디 펼치면
하늘이 가려지는 줄 알았습니다
이 한 몸 도망치면
천성이 가려지는 줄 알았지요
이 무지에 대한 부끄러움은
어느 생에야 덜어 낼까요

한 자락의 시를 엮어

한 자락의 시를 엮어
잊혀진 이들을 기린다면
죽은 시의 덮개는
더는 바랄 게 없겠습니다

낙화하지 않은 것

예쁩니다
부러 애쓰지 않아도
무언가 해내지 않아도
숨 쉬는 것 하나만으로도
무엇과도 견줄 수 없이
벅차게 아름답습니다

버려지는 무성한 것

모진 밤 깨어 있습니다
온통 까만 것투성인데
어찌 저만 희게 태어났을까요
버리고 가신대도 드릴 말씀 없지만
혼자 남겨지는 오늘부터는
밤마다 밤마다
평생 가슴 아려 울 듯합니다

보내는 마음

오얏나무 서글퍼 잠자리 앉으면
무성한 나뭇잎 우수수 떨어지겠지요
날개 잃고 곁에 있지 않으시려거든
뒤도 돌아보지 말고
훨훨 날아가 오지 마셔요

살고 싶으시다면
머뭇거리지도 마시고
에둘러 맴돌지도 마시고
영영 몰랐던 양
다시는 찾지 마셔요

스치면

보고 싶습니다
살결 한번
그 한번 스쳐 간 기억으로
밤 전등 아래 꽃잎처럼
밤새 몸 달아 했지요

잔잔바리

구름 빛 모시조개 잔잔바리
앉았다 일어서니 한 짐이라
천정에서 누가 부르나 했더니
못다 핀 사람이어라

부르면 오시려나요

날이 좋네요
잠깐 볼까요
수선화 핀 자리서
기다리고 있겠습니다

반려

아침입니다
아무도 깨지 않았지만
창가에 볕은 들었지요
몇 시 기차를 타시는지요

먼 길 잘 다녀오십시오
온종일 문 앞에서 기다려도
돌아오기만 하신다면
내토록 슬프지 않을 겁니다

저녁달

새벽별 짙어라
일렁이는 마음
환한 불씨 되어
하늘 가르고 땅에 앉는다
부디 꽃비 내려라
달 밝으면 떠나야 할 테니

아침

이슬 파라안 내려앉은 새벽 공기가
아침잠 많은 청년을 깨웁니다
태양 빛에 적당히 바랜 어제의 하늘이
한 페이지를 넘기듯 하루를 열어젖히지요

저마다 내릴 때를 알고
한둘씩 제 갈 길 찾아가다 보면
텅 빈 객실
고요히 적막입니다

용기

해보지 않은 것들에
이유 없이 뛰어들어 본 적이 있으신가요
저마다의 속 안에 숨겨 둔
이루지 못한 꿈을 위해
하루를 살아본 적이 있으신가요
삶을 살아가는 데에 고되더라도
한번씩은 돌아보며 사십시오
시간이 지나면
영영 할 수 없을지도 모릅니다
몸이 아니라 마음이 병들어
설렘이 찾아와도 체념하여
마음 한구석에 묻어두기 때문이지요

하늘선

하늘에서 받아보시겠지요
여우비가 내린 이후 뜨는 하늘다리에는
약속이 담겨있는 것이라 했던 말을
잊지 않고 편지에 적어 떠나보냅니다

바람에 날려가는 것은
한낱 바래진 종잇 조각이 아니라
나와, 잊혀진 벗과, 이름 없는 그대들이 남긴
경계 없는 하늘선인지 모릅니다

남겨둔 마음

영원히 나는
이 나이의 얼굴로
사람들에게 기억될 것입니다

불리었던 지난 이름들과
돌아오지 않을 계절에 기댄 기다림과
마지막 하늘 아래 발 맞추어 보는 이 순간은

잠시 세상에 얼굴 비추었다가
다시 되돌아가는 길에 받은
찬란한 선물이었습니다

내려놓음

모든 것을 내려놓으니
세상이 이토록 아름답지 않겠습니까
나를 고단하게 만들었던 궁핍함과
들꽃 핀 오솔길을 걷지 못하게 했던 현실과
날이 갠 화창한 하늘을 보지 못하게 했던
가슴에 멍에처럼 낀 먹구름을
오늘에야 내 손으로 걷어냅니다
나에게 주어질 내일이라는 축복을 거두시어
이제 겨우 삶을 누리기 시작한 이들을 위해
기꺼이 나누어 주신다면
더는 바랄 것 없겠습니다

삶의 경계

휘파람 소리에
고요한 숲이 깨어집니다
한정없이 이어진 길이 끝나는 순간
낮게 울리던 노래도
소리 없이 사라집니다
이 길이 도망쳐 온 기억의 끝인지
앞으로 나아갈 수 있는 경계의 문인지는
온전히 나에게 달려있겠지요
부디 저에게
꿈에서 깨어날 용기와
고된 삶을 견뎌 낼 이유와
앞으로 나아갈 희망을 주시기를
떠나왔던 곳을 향해 기도합니다

어린 날을 덮으며

나를 키운 호수에
평생 품고 살던
시(詩) 향이 밴 조약돌을
되돌려 보냅니다

어린 날의 추억과
흔들리는 미련을
뿌리 깊은 나무에 매어 두고
뒤돌아섭니다

이제 다시는
돌아오지 않을 겁니다
하지만
평생 잊지 못하겠지요

오르골

맑고 청아한 소리의 그것을
한참이고 돌려 보았습니다
부서진 뒤에도 한참을
귓가에 맴돌던 소리였지요
익숙한 음이 들려오면
혹여 그날 그때의 소리인가 싶어
한참이고 귀를 대어 보았습니다
나는 여직
그 소리를 되찾지 못하였습니다
기억에서조차 잊혀지는 날이 오면
한여름 소나기를 닮은 그 노래는
영원히 깊은 잠에 들겠지요

결말

나는 끝맺지 않습니다
이야기의 끝을 보려 하지 않고
사람들을 품지도 내치지도 않지요
마음을 꺼내 놓지 않기에
사랑과 이별은 내 안에서 사라집니다
세상의 눈부신 것들이 맺는 끝은
나에게는 견딜 수 없을 만큼 시립니다
그렇기에 나의 결말 또한
그 누구에게도 기억되지 않기를 바랄 뿐입니다

후회

달콤한 꿈을 꾸었습니다
지키지 못한 것들이 살아나
내 곁에 한참이나 머무르던 꿈이었지요

나는
깨어나
가슴을 치며 울었습니다

되돌릴 수 없는 순간은
늘 족쇄처럼 발목에 묶여
나를 가슴 뜯게 만듭니다

다시 돌아갈 수 있다면
나는 말없이 심장을 꺼내어
못다한 작별을 건네겠습니다

살아가야 할 이유

각진 세상에서 살아남기 위해서는
나 역시 모나게 살아야 한다 하셨지요
저는 그러지 않을 작정입니다
그저 작게 부서진 가루가 되어
깨어진 틈 사이를 메울 것이고
볕이 들지 않는 곳에 내려 반짝일 것이고
추운 자들을 덮을 것이며
소임을 다하는 날
바람처럼 사라질 것입니다
그것이 제가 세상을 사는 방식이고
제가 살아가야 할 이유입니다

삶의 여정

느리게 가도 됩니다
우리가 달려갈
결말을 향한 절정과
마음에 품고 살아갈 신념은
결코 정해진 것이 아닐 테니까요

그저 우리는
거짓을 말하지 않고
오만함에 기대어
남을 해하는 경솔함 없이
잠깐의 달콤함과
현실을 판단할 분별을 가지고
앞을 향해
정직하게 나아가면 되는 겁니다
각자에게 주어진
저마다의 답을 찾으면 되는 겁니다

밑그림

밑그림 위에
색을 더합니다
하늘은 노란빛으로
바다는 붉은빛으로 칠합니다
태양은 반으로 나누고
하늘과 땅의 경계를 없앱니다
보십시오
내 그림은
나의 삶은 실패하지 않았습니다
바다 위에 걸친 태양과
그 붉고 찬란한 노을의 모습을
보십시오
당신은 평생 모를
나만이 가진 꿈입니다

4

내 안의
뜰에 쓰는 편지

바다에 쓰는 편지

모래 위에 적힌 글씨가
파도에 쓸려
사라지는 것이 아닙니다
나의 글씨가
바다 아래에 새겨지는 것이지요
그러면 나는
파도가 치는 모든 바다에서
남겨둔 마음과
새겨둔 글을 만날 수 있습니다
바다에 편지를 쓰셔요
어느 곳에서도 만날 수 있게

내 안의 정원

일기에
그대의 이름이 빈틈없이 적혀
나의 잠을 설치게 만듭니다
풋내 가득한 마음에
꽃망울이 맺히기 시작합니다
나는 내 안의 정원에
지워지지 않도록
그대의 이름을 반듯이 새기고
부드럽게 쓸어내립니다
시가 되어 내리는 사랑은
마음을 온통 꽃밭으로 피웁니다

이것이 나의 사랑입니다

홀로 가는 당신의 뒤를
조용히 따라 걷습니다
소리 없이 따르는 마음을
그대는 모르게 하고 싶습니다

그대가 휘청이는 날이면
나는 검은 그림자를 뒤집어쓴 채
아무도 모르게
당신의 무거운 마음을 대신 들고 걷습니다

나의 소원이 들어지는 날이 온다면
그대가 나를 잊고
평생을 편히 사시길 바랄 것입니다
끝내 모르실 테지만, 이것이 나의 사랑입니다

감기

열이 오릅니다
쉬이 떨어지지 않습니다
가물어가는 기억이
천정에 얹혀 그려집니다

어린 날의
싱그러웠던 나는
무엇을 위해
이리도 파리하게 살고 있는지요

나의 마음에
깊은 감기가 들어
한없이
서글프게 만듭니다

상사화

그대를
보내고 오는 길에
내 못다 한 청춘을
땅에 뿌립니다

나의 젊음은
꽃과 잎이 만나지 못하는 상사화처럼
그대를 다시 보지 못하고
소리 없이 저물어 가겠지요

꽃처럼 잠드는 것이라

당신이 고개를 끄덕여 주면
그것으로 나의 삶은
충분히 의미 있습니다

멀리 돌아왔지만
마지막은 닿았으니
이것으로 된 것입니다

그저 이른 봄에 피어난 수선화가
때가 되어
편히 잠드는 것이라 생각해 주시어요

당신을 닮은 노래

웃으시면
아릿한 마음에
꽃이 번집니다
가지고 싶어도
그럴 수 없는 것이 있지요
마디마디 적힌 음들에
노랫말을 붙입니다
비어 있는 제목에
그대 이름을 두겠습니다

바다에게

데려가 주십시오
나의 설움을 지우고
바다를 바라보며
하늘을 베고 누울 수 있게
따뜻하고 푸른 곳
세상 가장 아름다운 품으로

다시 사랑한다면

다시 사랑한다면
나는 도망치지 않겠습니다
보고 싶을 때
망설임 없이 그대를 찾아가고
마음이 울컥일 때면
품에 안겨 후회 없이 눈물 흘리겠습니다
사랑이 두려워
감춰 두었던 남겨 둔 절반의 진심도
남김없이 모두 내어드리는
대가 없는 사랑을 하겠습니다

뜰

가시는 걸음마다
나의 뜰이 환해집니다
계속 머무르길 바라는 것은
어린 날의 욕심이겠지요
돌아보면 바로 옆에 있는 듯
마음에 당신을 새겨두고
예정된 작별을 고합니다
뒷모습 마저 사라지면
저는 뜰의 문을 거두고
자리에 앉아 오랜 기다림을 시작하겠지요

초여름

가장 좋아하는 계절입니다
더운 햇살에 선선한 바람이 부는
아름답고 푸른 날들이 펼쳐지지요
나는 소리 없이 모습을 감추고
이날에 다시 태어나고 싶습니다

부디 아픔 없이

부디 아픔 없이
내 뒤를 이어가는 이들의 날이
평온하기를 기도합니다

못다 이룬 꿈을 대신 이루어주고
내게서 나온 말과 글을
세상 필요한 곳에 걸어두며

볕이 들지 않는 자리에 선 자들을
세상 가까이로 밀어주는
그런 바라고 비러진 인들이

내 뒤를 이어가는
따스한 이들의 날에
부디 아픔 없이 펼쳐지기를

유일한 사치

담배 연기가 허공을 가릅니다
하나로 모인 불빛은 어디를 가리키는 걸까요
장초가 타들어 갑니다
나는 돗대를 벽에 그어
환한 불꽃을 만들어 보입니다
보이십니까
이것이 저에게 허락된
유일한 사치입니다

사다리

파란 하늘이 그리워
하늘과 맞닿은 천정에
이름을 매답니다
빛과 무지개를 원해
밤새 엮었던 사다리를
동이 트는 방향
창문가에 걸어 놓고
다시 눈을 감습니다

밤의 시

나의 영을
저 위로, 초라한 가로등 사이로
밑을 향해 떨어지는 생애 첫눈 사이로
별과 빛이 쏟아지는 밤의 시가 일렁이는 곳으로

거룩하고 덧없는

대답 없는 소원과 갸륵한 기도가
거룩한 신의 축복과 덧없는 보우하심이
연기처럼 잃어진 숨과 비워진 이름 위로
눈이 오는 틈에 함께 섞여 내리길 바랍니다

촛대

불이 식은 촛대에 생이 흘러 타고 있습니다
남은 시간이 셀 수 없이 발목 밑으로 쏟아집니다
그렇게 눈부신 별빛이 반사된 내 눈도
까만 밤하늘처럼 까맣게 멀어 버리길 바랍니다

은하수

나의 몸을 은하수에 던지고
찬란히 신의 눈에 들기를
억겁의 시간 속에
죽지 않는 이름으로 남기를

거룩한 신의 발자국을 따라
수천의 명(命)을 뛰어넘고서
그 찬란했던 시간 속에
지지 않는 태양으로 남기를

부서지는 생

푸른 바다가 보고 싶어
바다와 맞닿은 파도에 몸을 내닫습니다
파랗게 부서지길 바랐을 뿐이지요
잿빛 물결치는 태양 빛 그림자가
나의 손목 위로 파도 자국을 남겨 놓습니다

메마른 오아시스와 충혈된 숨만이 남은
나의 청춘이란 이름은
원하던 곳 그 언저리에도 닿을 수 없음을
나는 이미 알고 있습니다

귀로

돌아갈 수 없는 집으로의 귀로는
사선 끝에 놓인 임의
꿈결 같은 침묵일지 모릅니다
그저 기다릴 뿐입니다
텅 빈 천정 밑에 내린 틈 사이로
고요히 신의 축복이 드리우길

평안

하늘에 닿고자
창가에 손을 내밀어 구름을 잡아 봅니다
손 틈 사이로 작은 씨앗들이 스쳐 지나가고
마냥 봄이 피어나 삶을 품을 것만 같습니다
꿈결 같은 바람에 날아갈 듯한 새와
다시없을 운명처럼
깃털같이 날아든 이 꿈에
정처 없던 숨을 내쉬고
본디 그랬던 듯 편히 눈을 감습니다

꿈

그대 없이
울며 잠들 때는 찾아오지 않더니
웃고 살 날이 되어서야 이리 오십니까
오랜만에 만나 무척 반가웠습니다
잊어본 적 없던 이름이
요즘에는 잘 생각나지 않습니다
그대가 내게서 점점
지워지나 봅니다
헤아릴 수 없는 아픈 날들의 끝이 왔으니
이제는 미소로 보낼 수 있을 것 같습니다
평안 속으로
부디 안녕히

버림받는 일

버려진 줄 모르고
계신 곳으로 겨우 찾아왔습니다
놀라고 무서워
오는 내내 눈물이 났습니다
다시 만나면
당신도 나처럼 기뻐할 줄 알았는데
어찌 더 먼 곳으로 떠나십니까

끝

멀고 먼 모험이 끝났습니다
하늘의 별을 따고 싶었던
어린 날의 나는
별만큼 빛나는 사람이 되어
다시 돌아갑니다
끝이 나야만 시작할 수 있다는 걸
오랜 여정을 통해 깨달았습니다
마지막이 될 이 자리에
나의 이름을 새기고 떠납니다
뒤돌아보지 않을 겁니다
그러니 당신도 앞을 향해 걸어가세요
당신의 별에 닿을 때까지

작가의 말

살아가며 접하는 수많은 감정은

우리 안에 휘몰아치다 끝내 사라집니다

저는 그것에 이름을 붙이고 싶었고

그 작은 이름들이 모여 이렇게 한 권의 책이 되었습니다

부디 독자분들께서도 글을 쓰는 것에 대한 두려움을 이겨내시어

각자의 색깔이 담긴 한 자락의 시를 엮어 내셨으면 좋겠습니다.

살면서 늦은 때란 없습니다.

걸으시는 모든 걸음마다 꽃이 피어나기를 바라며

부족한 시를 읽어주신 것에 대한 진심어린 감사의 마음을 전합니다.

그럼 안녕히.

책을 읽어주신
모든 분께 감사합니다

더하여
어여쁜 사진을 선물해주신
너무나 사랑하는 구독자 풍문님과
곁을 내어주신 모든 해바라기님들께
존경하는 마음 담아 감사함을 전합니다

소원하시는 모든 꿈을 이루시기를
걸으시는 모든 걸음이 꽃길이 되시기를
앞으로 오랫동안 저와 함께 해주시기를
매일 진심으로 기도하겠습니다

* 지구를 위해 친환경재생지를 사용합니다.

한 자락의 시를 엮어

초판 1 쇄 2021년 8월 25일
지 은 이 김하라
펴 낸 곳 하모니북

출판등록 2018년 5월 2일 제 2018-0000-68호
이 메 일 harmony.book1@gmail.com
전화번호 02-2671-5663
팩   스 02-2671-5662

ISBN 979-11-6747-009-6 03810
© 김하라, 2021, Printed in Korea

값 15,000원

이 도서의 국립중앙도서관 출판예정도서목록(CIP)은 서지정보유통지원시스템 홈페이지
(http://seoji.nl.go.kr)와 국가자료공동목록시스템(http://www.nl.go.kr/kolisnet)에서 이
용하실 수 있습니다.